KB108718

물방울
시첩

물방울 시첩

발행일	2020년 6월 11일

지은이	서태수		
펴낸이	손형국		
펴낸곳	(주)북랩		
편집인	선일영	편집	강대건, 최예은, 최승헌, 김경무, 이예지
디자인	이현수, 한수희, 김민하, 김윤주, 허지혜	제작	박기성, 황동현, 구성우, 권태련
마케팅	김회란, 박진관, 장은별		
출판등록	2004. 12. 1(제2012-000051호)		
주소	서울특별시 금천구 가산디지털 1로 168, 우림라이온스밸리 B동 B113~114호, C동 B101호		
홈페이지	www.book.co.kr		
전화번호	(02)2026-5777	팩스	(02)2026-5747

ISBN	979-11-6539-249-9 03810 (종이책)	979-11-6539-250-5 05810 (전자책)

이 도서의 국립중앙도서관 출판예정도서목록(CIP)은 서지정보유통지원시스템 홈페이지(http://seoji.nl.go.kr)와
국가자료공동목록시스템(http://www.nl.go.kr/kolisnet)에서 이용하실 수 있습니다.
(CIP제어번호: CIP2020023325)

(주)북랩 성공출판의 파트너
북랩 홈페이지와 패밀리 사이트에서 다양한 출판 솔루션을 만나 보세요!
홈페이지 book.co.kr　•　**블로그** blog.naver.com/essaybook　•　**출판문의** book@book.co.kr

절장시조집

물방울 시첩

서태수 지음

북랩 book Lab

시조 종장은 〈3-5-4-3〉.

단 한 톨
물방울에도
온 세상이 비친다.

2020. 초여름

서태수

차례

제1부

물방울 인생

똑, 똑, 똑,

떨어진 후엔
살다 보면

독獨.
독獨.
독獨.

폭포

한 번도
떨어지지 않고

어찌 강이 되겠는가

목어 木魚

절망의

잉어 한 마리

산사山寺로 올라가다

삶이란

점·점·이
매듭지어진

디지털digital 금목걸이

꽃

꽃들은
이름 없이도
몸짓으로 아름답다

흉터

한겨울
꽁꽁 언 강의
눈 부릅뜬 숨구멍

인터넷 풍문

익명의 컬러화면을
떠다니는

검은
영혼

세월

강둑은 예 그대론데 물만 저리 바쁘다

이팝꽃

강마을
보릿고개에

목이 메던
팝콘
허기

신新 · 며느리밥풀꽃

시어미
등 뒤로 돌아

며느리가
쏙, 내민

혀

불면 不眠

꼬리가 생각을 밀며 뒤척이는 구백 리 강江

시위

허파가
뒤집어진 강

세상 강둑을 허물다

너덜겅 세상

마른 강
물길이 되어
돌덩이로 굳은 마음

노탐 老貪

낙화의 때를 놓치고
말라붙은
바랜
꽃잎

인생

뱃길은
만경창파萬頃蒼波에

뭍길은
구절양장九折羊腸

쉼 1

긴 강도
바다에 들면

소리 없는 물이 된다

해탈

마음속
부처를 죽이며

뭉개지는
늙은 돌탑

허수아비

아버지 허연 껍질로
펄럭이는

낡은
돛

반전 反轉

인생사
유리 조각도

강에 들면
은빛 윤슬

매화 꽃봉에 별 날아앉았다!

봄볕아,
신방 차리게
남풍 불러 병풍 쳐라!

제2부

강물에 돌 던지듯

복수도
아름답게 하면

꽃이 피고
미소가 된다

강변 벚꽃길

그 강둑
걷는 사람도
형형색색 꽃이려니

노인 1

늪으로
오도카니 앉은

허연 강의
빈 껍질

한 세상 살다 보면

부딪쳐
솟구치다가

유유한 게
장강長江이라

참매미 소리

한여름
미루나무에
칭칭 동이는 가을 선율旋律

39

장강 유사長江遺事

청명淸名도 유유하지만

오명汚名 또한 흐르느니

행로 行路

인생은

만남도 이별도
알 수 없는 소용돌이

그리움 1

봄볕에 파랗게 돋은
강둑길 아지랑이

자식

본류本流로 합칠 수 없는

탯줄 끊긴

샛강 물길

주름

세월 속
비바람 섞어

대추나무에
얽힌 연줄

바다

긴 강이
꿈꾸는 무덤

수평水平의 공원묘지

진달래 순정

발갛게
가슴 달아올라

터질 듯이 부푸는 봄

하구河口에 노을 들면

샘물도 시궁창 물도

황혼으로 한 빛이다

장수시대

나이는
다 먹고 없어

짧은 세월 긴 인생

사랑은

흐르는 물길 아니라

```
          솟
    로    는
    물       거
  샘          래
```

사람의 마음

마음은 흔들비쭉이

물에 비친
다이아몬드

방패연

가슴에
구멍을 뚫어
강바람을 건디다

걱정

잠 못 든 베갯머리에

또 한 줄기
굽도는 강江

잡초의 변

한세상
살아가는 길이
어디 혼자 명품이리

강물

세상사
기쁨 슬픔을

꽃빛으로 엮은 물길

제3부

흔적

한 세상
스쳐 간 옷깃

한
점
바람

그뿐인 것을‥‥

입술 이미지

겹매화
속적삼 헤치며
애가 타는 벌 한 마리

사람 인人

긴 해변
비스듬히 누워

섞여 뒹구는
조약돌

매화 꽃봉오리

봄 되면 풀어보라고
빈 가지에
매단
선물

하구에 살다 보니

강물은 만남인 것을

이별 또한 강인 것을

휴전선 철조망

사람이 만들어 놓은

악마의
손톱

안부 전화

한 가닥
탯줄로 이어진

끝없이 먼
혈육의 길

향수 1

자운영
자욱한 그리움이
자줏빛으로 젖어 드는……

고독

적막한
강물 위에 떠

돌아눕는

한
점
섬

수구초심 首丘初心

떠남도
머물러 있음도

제 산자락에 맴도는

강

포장마차

쨍그랑!

웃음, 고함, 노랫소리의
살아 넘치는 사연들

모래톱

온 밤내
하얀 그리움의

모래성을
쌓은 자취

파로 1

모래톱 경계선에 선

푸른 함성
어깨동무

망월동望月洞

아직도
달만 뜨는 강

일 년 내내
5월인 강

막사발

무　　　　　　　　　　　흙
　심　　　　　　　　　　줌
　　한　　　　　　　　　한
　　　손　　　　　　　　꽃
　　　끝　　　　　　　의
　　　　에　　　　년
　　　　서　핀　천

71

무등산 낙동강

찢어진 지도 사이의
돌비석이 아프다

향수 2

고층의 허공에 누워
별을 헤는
낯선 밤

자화상

아무리
깨뜨리려 해도

깨지지 않는
물거울

비무장지대 1

무장을 벗었다는데

오금 저리는 지상낙원

그리움 2

물 따라 동동 떠다니는
아련한
꽃잎 꽃잎

고향

한 그루
늙은 당산나무가
말없이 섰는 마을

봄바람

실바람 살풋 스치면
온몸 흔드는

붉은 교태

제4부

꽃샘바람

화들짝!
겨울 도마뱀

놀란 꼬리
한 토막

항아리

흙으로
나 깨어지는 날

사금파리로 아플까

여인네 마음

골 깊은
뒷산 단풍도
잎잎이 꽂인 것을…

아파트

눈부신
이십 세기의 솟대

텅 빈 거리의
허수아비

파도 2

벽으로 버터 선 벽을

맞부딪는
하얀 꽃잎

계곡 유감有感

하구河口에
질펀히 누울
부질없는 소용돌이…

촛불잔회

칠흑을

밀
어
올
리
는

채송화 꽃 무더기

호미

토요일
해저문 사립에

조각달로
꽂힌 모정母情

귀천 貴賤

흙으로
청자를 빚고

돌 다듬어
부처 되고

마음

내 안에
일고 또 잦는

내가 만드는
옹덩이

출생

물방울
한 톨 떨어져
강물 속에 섞이는 일

아기

옹달샘
파문을 빚는

석간수
한 방울

청년

바윗등 무지개 찾아
온몸 구르는 동심원^{同.心.圓}

중년

외바퀴
수레를 끌고

물 건너는 굽은 등

노년

서천西天에 덜커덩거리며
찌그러진

바퀴 하나

을숙도

만남의 물길 맴도는

칠월하고도 초이레 땅

파도 3

잠 깊은
시간을 깨워

파편으로
예감하는

살구꽃 필 무렵 나비 한 마리

앉았다
떠난 네 자리

살아 돋는

혀끝
신맛!

가을 황혼 무렵

서산엔
불타는 단풍

강물에는
한 폭 만장輓章

앵두 이미지

첫여름
노란 보리밭

가·지·런·하·게
넘·어·지·겠·다

새벽닭

청동빛
햇살 한 가닥

견고한 어둠을 깨다

제5부

삶 2

사는 건 한 줄기 강물

한데 섞여 흐르는 일

동반同伴

아득히 등짐을 지고

소를 따르는 늙은 농부

선구자

종소리
붉게 토하며

봄빛 먼저
지는

동백

진달래

삼월의
산기슭에 핀

그리움의
눈물바다

깍깍깍

아파트
공사장 보며

깔깔대는
까치 소리

비무장지대 2

통일로統一路
골 깊은 등짝

식은땀이
흐르는 강

입춘 서정

봄기운 하마 감돌아

꿈을 꾸는 꽃 뿌리

백설부

인간사 한 빛이라며
하얀 눈이 내립니다

낙동강

물머리 치켜세우고 승천하는 반도의 용^龍

엘리베이터

허공 속
둥지를 찾아
수직으로 흐르는 강

창작

시대時代의
휘어진 강에서

한일一자로 쪼개진 뼈대

삶 3

한세상 살아가는 일은
함께 까치고개 넘는 일

노인 2

담장 위
까치밥보다
더 작게
웅크린

섬

정상

높은 산
그 아랜 언제나
낮은 물이 흐르는 것을

강

흐르는 명상의 물길

늙은 수소
한 마리

표르

톡,
하고
속살 드러내는

추억의 물방울

살다 보면

하루해 걷는 길에서
중(僧)도 속(俗)도 만나는 삶

불꽃놀이

허공 속
순간의 명멸^{明滅}

부귀영화 화약 냄새

낙엽

엽서가
획, 날아왔다

한해 일지日誌가 다 적혔다

호수

긴 세월 흘러온 강의
맑은 쉼표
한 방울

당신의 강

- 낙동강·530

시작이 어디였는지 알려고 하지 말게
물방울 뚝, 떨어진
석간수 한 점 생애
알몸의 오체투지로 강이 되어 흘렀느니

입술 부르트고 허리 휘어지도록
비바람 눈보라에 산을 깎고 들을 돌아
미완의 구절양장을 헤쳐 온 길 아니랴

등짝에 깊이 패인 굴곡의 흉터들은
은빛일 듯 금빛일 듯, 어쩌면 잿빛일 듯
실안개 뿌연 강둑에 나부끼는 물빛 상징

긴 강둑 되돌아보며 허허바다 섞여들면
물방울 강이 되고
그 강 다시 물이려니
마지막 물길 매듭을 알려고도 하지 말게